AF332654

DÉVELOPPEMENS

DU PLAN

EXPOSÉ AU CONCOURS,

Par M. CHATELAIN,

Architecte, boulevard des Italiens, n°. 22.

~~~~~~~~~~~~~~~

Prix 1 fr.

~~~~~~~~~~~~~~~

Se trouve à PARIS,

Chez
L'Auteur ;
Perisse et Compere, libraires, quai des Augustins ;
Le Normand, rue des Prêtres St.-Germain l'Auxerrois ;
Et à l'Imprimerie *Littéraire* et *Musicale* de H.-J. Godefroy, rue Neuve
des Petits-Champs, n°. 4.

~~~~~~~~~~~~~~~

AN 1808.
~~~~~~~~~~~~~~~

DÉVELOPPEMENS DU PLAN

EXPOSÉ AU CONCOURS

Par M. CHATELAIN.

D'après le programme publié dans le Moniteur du 9 août dernier;

Données du programme.

« Cet édifice monumental, principalement destiné à servir
» d'orangerie impériale et de promenade d'hiver, doit être peu
» éloigné des Tuileries, susceptible de servir à l'exposition des
» produits de l'industrie, et disposé de manière à ce qu'on ne
» soit pas obligé de suivre les mêmes traces en allant et en revenant.
» — Le centre doit présenter une arène, entourée d'un amphi-
» théâtre, dont le dernier degré deviendra la plate-forme de
» l'édifice. — Il faut pouvoir y descendre à couvert. — La déco-
» ration de l'édifice doit être noble, mais s'accorder avec une
» sage économie ».

J'ai tâché de remplir toutes ces conditions.

Le même programme, annonçant sur-tout que le choix plus
ou moins heureux de l'emplacement, sera considéré comme un

des principaux mérites du projet, j'ai dû en faire le premier objet de mes méditations, et je ne crains pas de donner un peu d'étendue à la discussion de cet article important.

Le monument proposé au concours a pour première destination d'être l'*orangerie des Tuileries* : je n'ai donc pu en chercher l'emplacement dans aucune des parties de la ville, qui seraient étrangères au Palais auquel elle doit appartenir.

Emplacement
du Carrousel.

J'avais eu d'abord l'idée de construire cet édifice dans l'intervalle qui sépare le Palais des Tuileries de celui du Louvre.

Quoique je sache qu'en général une orangerie étant une partie *de jardins*, ce n'est pas dans les cours qu'elle doit être placée de préférence. Quoique je sente bien aussi que le Carrousel, étant, par sa position, destiné à devenir l'avant-cour des Tuileries, si la cour actuelle doit être divisée en trois parties, et si l'on bâtit un second arc de triomphe du côté du Louvre ; c'est dans cette superbe avant-cour, au milieu des monumens élevés à la gloire, que le Vainqueur du monde passera successivement en revue les troupes qui ont été associées à ses conquêtes ; et qu'ainsi il serait à souhaiter que cet espace fût conservé dans toute son étendue. Cependant l'avantage qu'a cet emplacement de se trouver en même tems à la proximité du Palais de l'Empereur, et à portée d'une partie de la ville très-habitée, m'avait fait présumer que l'on pourrait peut-être passer par dessus ces considérations ; et j'ai essayé différens projets pour placer l'orangerie sur le Carrousel.

Mais j'ai bientôt reconnu :

Que la nécessité d'isoler mes bâtimens de ceux du Palais dont ils seraient environnés, ne permettrait pas de donner à ce monument les dimensions qu'il exige. — Que, même en consentant à sacrifier une partie de sa beauté pour en réduire les dimensions, ce monument qui formerait un ensemble ne pouvant pas être traversé par des rues, comme le sont aujourd'hui les maisons particulières qu'il remplacerait, il en résulterait toujours une grande gêne dans cette partie de la ville pour la circulation des voitures. — Que cet édifice exigeant nécessairement une hauteur au moins de 15 ou 20 mètres (45 ou 60 pieds de l'ancienne mesure) si je le faisais partir du niveau actuel du terrein, les bâtimens du Palais disparaîtraient entièrement. — Et que si l'amphithéâtre était creusé dans le sol, de quelque manière qu'il fût décoré, à quelque point qu'il fût orné, il présenterait toujours un grand précipice, dont l'aspect ne pourrait qu'être désagréable.

Enfin il m'a été démontré qu'il n'y avait aucun moyen d'échapper en même tems à tous les inconvéniens dont je viens de parler ; et dès-lors jai cru devoir renoncer à cet emplacement.

Rue de Rivoli.

Les terreins qui bordent la rue de Rivoli auraient pu convenir à quelques égards pour y établir l'orangerie impériale ; mais ces terreins ont peu de profondeur, et ils ont reçu une autre destination approuvée des gens de goût : d'ailleurs le programme prescrit une sage économie, et ces terreins ne peuvent manquer de devenir les plus chers de Paris.

Place de la Concorde.

La place de la Concorde ne convient pas du tout ; les nouvelles constructions, ou seraient divisées en trop de parties, ou obstrueraient des passages et masqueraient des points de vue intéressans à conserver : là, comme au Carrousel, en admettant même que les bâtimens de l'orangerie ne fussent point un inconvénient pour ceux qui existent aujourd'hui, ils ne pourraient tout au plus que devenir des ornemens nouveaux dans des parties déjà suffisamment ornées, et des créations seules semblent devoir répondre à la grande idée qui a été conçue.

Champs-Élysées. J'ai donc pensé que la véritable place de l'orangerie impériale était dans les Champs-Élysées, prolongement naturel de la promenade des Tuileries, et qui devaient, d'après le plan de Louis XIV, devenir le parc du Palais, dont les Tuileries sont le jardin.

Or, dans les Champs-Élysées, deux points seulement pourraient être indiqués pour remplir cette destination, ou le grand carré situé entre la route de Neuilly et celle de Versailles, ou le *rond-point* des Champs-Élysées, qui serait alors étendu jusqu'à la rue du Colysée du côté de Neuilly, et jusqu'à l'avenue de Marigni du côté de Paris.

Ces deux emplacemens sont à-peu-près à une égale distance des Tuileries, puisque l'avenue de Marigni aboutit vers le milieu du carré de la gauche; mais celui-ci se trouve éloigné de toutes les habitations particulières, il est le théâtre habituel des jeux de la jeunesse de Paris, à qui tout nouvel emploi de cet espace causerait de grandes privations.

Ce terrein est d'ailleurs sujet à des inondations assez fréquentes, et l'abord en devient difficile précisément dans la saison où le jardin d'hiver doit être le plus fréquenté.

Avantages de l'emplacement que je propose. Le *rond-point* tient au contraire à l'un des quartiers les plus habités de Paris, et habité par la classe à laquelle une promenade d'hiver paraît sur-tout destinée. Il est à l'abri de toutes les inondations; l'abord en est facile en tous tems, et une promenade couverte, qui ailleurs pourrait n'avoir d'emploi que pendant l'hiver, deviendra une jouissance de toutes les saisons, puisque sa proximité de la partie des Champs - Élysées où se porte la foule des promeneurs, offrira constamment à ceux-ci un abri commode et magnifique, dans le cas où ils se trouveraient surpris par un orage.

Ici ce que le projet prendrait sur les Champs-Élysées ne causerait de privation à personne, puisque ce serait, d'un côté la partie de cette promenade qui est plus loin que l'avenue de Marigni et qui est peu fréquentée, et de l'autre celle qui est au delà du grand carré, où il ne va jamais personne.

Et en employant ainsi une partie des terreins déjà consacrés au public, auxquels se rejoindraient d'un côté quelques terreins aujourd'hui en marais, et de l'autre des terreins vagues et non bâtis dont l'acquisition ne peut être fort dispendieuse; cet emplacement donnerait le moyen de concilier la sage économie prescrite par le programme, avec la plus grande magnificence.

Mais ce qui m'a décidé sur-tout à préférer cet emplacement à tout autre, c'est la facilité qu'il m'a paru offrir exclusivement d'y établir un superbe amphithéâtre.

Il était réservé au Souverain qui a cumulé sur sa personne tous les genres de gloire, de rassembler, dans sa principale ville, les merveilles que les arts ont enfantées dans tous les siècles. Paris renferme des temples et des palais aussi beaux que ceux d'aucune autre ville du monde; une magnifique colonne égalera bientôt la colonne Trajane par ses dimensions, et la surpassera par son objet. Paris est orné de plusieurs arcs de triomphes, et celui qui s'élève

(6)

en ce moment sur la hauteur de l'Étoile, effacera tous ceux de Rome et de l'ancienne Grèce. Mais l'antiquité seule avait vu construire des cirques et des amphithéâtres. NAPOLÉON veut aujourd'hui un monument de ce genre; ce monument doit être digne de lui. Il ne doit point être borné aux seuls jours de l'année consacrés à des fêtes; la vue habituelle n'en doit point être réservée uniquement à ceux qui pourront jouir du charme d'une promenade d'hiver : il convient que son aspect soit offert à tous, et à toute heure.

Or, ce n'est que dans l'emplacement que j'indique que l'on pourra obtenir cet avantage, avec tous ceux demandés par le programme.

Le monument, dont je présente le plan, offrira aux chef-d'œuvres de l'industrie nationale un espace plus étendu et mieux disposé que tous ceux qui ont été jusqu'à présent consacrés à leur exposition.

Autour d'une arène spacieuse, également propre pour des courses, pour des combats et des tournois, un peuple entier pourra jouir de ces grands spectacles, assis sur des gradins qui formeront un vaste et commode amphithéâtre.

Et dans tous les instans de l'année où ce monument ne sera point employé à ces destinations passagères, sa noble architecture contribuera encore à embellir la plus belle entrée de Paris.

Alors cette paisible enceinte offrira une superbe colonnade, dont les deux côtés présenteront alternativement, et suivant les saisons, un abri contre les rigueurs du vent du nord ou contre les ardeurs du soleil. Alors les citoyens et les étrangers qui la parcourront à l'envi, contempleront, dans son pourtour, des statues, des emblêmes et des inscriptions inspirées par l'admiration et la reconnaissance. Alors les Princes, les Souverains qui viendront rendre hommage à celui qui leur a donné, rendu ou garanti leur puissance, en faisant leur entrée par l'avenue de Neuilly, s'étonneront d'abord de cette accumulation de monumens, dont aucune autre ville n'aura pu leur donner l'idée.

Détails du monument proposé.

L'ensemble du projet occupera, comme je l'ai dit, le *rond-point* des Champs-Élysées et l'espace qui l'environne, ainsi que cela est indiqué sur le plan.

Arène.

Le champ qui restera libre au milieu pour former l'arène des courses et des spectacles, occupera le cercle appelé le *rond-point* des Champs-Élysées, que j'ai cru devoir étendre dans un sens plus que dans l'autre, afin de donner à l'amphithéâtre une forme plus élégante et plus semblable à l'antique.

Gradins.

Cet amphithéâtre sera composé de 32 rangs de gradins de forme circulaire, qui seront interrompus dans les deux points où passe l'avenue de Neuilly.

Précinctions et Ambuloires.

Derrière le 16°. gradin régnera un mur qui formera ce que les anciens appelaient une *précinction* et un premier ambuloire.

Derrière le dernier gradin régnera une seconde précinction et un autre ambuloire, qui deviendra en même tems la plate-forme de l'édifice.

Colonnades.

L'édifice consistera dans deux bâtimens également circulaires, parallèles aux gradins, et qui présenteront au sommet de ceux-ci deux superbes colonnades de l'ordre dorique.

Aspects.

Cette double colonnade, ouverte ainsi que les gradins en deux parties, formera deux croissans, à l'instar de ceux qui sont au devant de St.-Pierre de Rome. Et les deux ouvertures, qui seront de toute la largeur de l'avenue de Neuilly et de ses contre-allées, laisseront appercevoir librement dans le lointain, d'un côté l'arc de triomphe, et de l'autre le château des Tuileries.

Spectacles.

Les gradins contiendront 120,000 spectateurs assis, sans compter la possibilité d'en placer encore un grand nombre au dessus des colonnades. L'Empereur, sa Cour et les Autorités constituées auront des places marquées dans les colonnades même, et à couvert.

Orangerie impériale et promenade d'hiver.

Le croissant tenant au faubourg St.-Honoré, qui se trouvera dans l'exposition méridionale du côté de l'amphithéâtre, sera la serre des orangers, et formera en même tems une charmante promenade d'hiver.

Exposition des produits de l'industrie.

Les orangers y seront placés sur quatre rangs, espacés de manière que, dans les cas d'expositions, l'allée du milieu puisse servir à établir un double rang de boutiques adossées, qui séparerait alors les deux allées latérales : le public passerait par l'une de celles-ci en allant, et par l'autre en revenant.

Bâtiment correspondant à l'orangerie.

Le croissant du côté du Cours la Reine sera disposé de manière à procurer les mêmes avantages pour les expositions. Il sera décoré de statues et d'inscriptions, et servira de promenade pendant l'été,

Entrée de
la promenade d'hiver.

L'entrée de l'orangerie (considérée comme promenade d'hiver) sera placée au bord de l'allée de Marigni, (qui se trouve de 200 mètres plus près du centre de la place de la Concorde que le château des Tuileries.)

Façade.

Cette entrée fera face à la partie des Champs - Elysées la plus fréquentée, et présentera, à l'extrémité de cette promenade, une façade décorée, qui la terminera de la manière la plus agréable.

Cour.

Au milieu de cette entrée sera une cour bordée à droite et à gauche par deux galeries couvertes, qui s'avanceront immédiatement jusqu'à l'avenue de Marigni, et sembleront ainsi venir au devant des promeneurs pour leur offrir un prompt abri ; en sorte que ceux qui voudront s'y réfugier, en cas de pluie, n'auront que cette avenue à traverser pour se trouver à couvert.

Entrée
pour l'Empereur.

Au fond de cette cour sera une demi-coupole intérieure de 17 mètres de diamètre. Ce diamètre, qui se trouve au raz du bâtiment, sera orné de colonnes, entre lesquelles les voitures pourront passer pour descendre à couvert.

(Cette entrée couverte pourrait être réservée à Sa Majesté et aux personnes de sa famille, ou à celles auxquelles il lui plairait d'en accorder le privilége.)

Entrées pour le public.

La porte qui est sous la demi-coupole, et l'extrémité des deux galeries publiques, donneront également entrée dans l'orangerie.

Ces mêmes dispositions seront répétées de l'autre côté pour arriver au bâtiment correspondant.

Arrivée par le faubourg St.-Honoré.

L'on arrivera aussi au bâtiment de l'orangerie par une avenue d'arbres verds, qui s'étendra jusqu'au faubourg St.-Honoré.

Chemin extérieur.

Ces deux bâtimens seront bordés extérieurement par une belle allée circulaire qui formera dans tous les tems une promenade agréable pour le public, et qui pourrait servir de communication d'une partie du chemin à l'autre, dans les momens où cette enceinte se trouverait occupée par des spectacles ou par des expositions nationales.

Articles accessoires.

A ces mêmes époques, l'on pourrait clore entièrement le cirque en y plaçant des constructions en bois, d'une architecture analogue à celle du reste de l'enceinte ; ce qui multiplierait encore le nombre des places. (Ces constructions supplémentaires, toujours disposées dans les magasins, seraient placées et déplacées très-facilement et à volonté.)

Au milieu de chaque demi-cercle l'on pourrait construire des fontaines en forme d'obélisque, et décorées.

Il pourra être placé au devant de chaque demi-cercle des grilles qui borderaient l'avenue de Neuilly.

Ces grilles pourraient être mobiles dans les parties où elles aboutiraient aux bâtimens, et se retournant en équerre former au centre l'enceinte pour les combats, et dégager en même tems au pourtour l'intervalle nécessaire pour la carrière des courses.

Quelques amphithéâtres de l'antiquité étaient susceptibles de se remplir d'eau, et servaient ainsi alternativement pour des combats et pour des naumachies.

Celui-ci pourrait avoir le même avantage.

L'on sait combien les jeux sur l'eau sont agréables au peuple de Paris, et à combien d'accidens les spectateurs se trouvent exposés lorsqu'ils y assistent placés sur les berges qui bordent la rivière.

Le voisinage de la pompe de Chaillot offrirait la facilité de remplir d'eau la totalité de l'arène; les deux ouvertures que forme l'avenue seraient alors fermées par des bannes; et ce vaste bassin, en même tems qu'il procurerait toute sécurité pour les spectateurs, donnerait aux naumachies françaises un degré de magnificence qui les rendrait comparables à celles de la Grèce et de Rome.

Comparaison avec d'autres monumens.

Chacun de ces deux bâtimens offrira pour l'exposition des produits de l'industrie cent trente-quatre boutiques, tandis que la totalité des portiques des Invalides n'en présentait que cent vingt-quatre.

Le grand et le petit diamètres de l'amphithéâtre auront chacun un tiers de plus que ceux du Colysée de Rome.

Les deux colonnades auront chacune exactement le double de développement de celles qui sont au devant de St.-Pierre de Rome.

L'orangerie aura aussi environ le double de l'étendue de celle de Versailles.

Ainsi ce monument sera beaucoup plus grand que tous ceux auxquels il pourra être comparé sous quelque rapport que ce soit.

P.-S. Ces développemens de mon projet accompagnaient le plan et l'élévation qui sont aujourd'hui exposés pour le concours, et j'avais remis le tout au ministère de l'Intérieur, le 20 novembre 1807.

Je n'avais pour but que de donner les motifs qui m'avaient fait préférer l'emplacement que j'ai indiqué, et je n'avais parlé que des emplacemens auxquels j'avais pensé moi-même avant que de me fixer. Mais puisque la discussion est ouverte aujourd'hui sur la question du choix de l'emplacement, je dois peut-être présenter quelques observations sur ceux auxquels je n'avais pas même songé, et qui se trouvent indiqués, ou par quelques-uns des plans exposés, ou dans les journaux.

L'idée de feu M. Le Grand, de placer l'orangerie sous la terrasse du bord de l'eau, a été réfutée d'une manière péremptoire; et, en effet, son exposition au nord sur le jardin est un obstacle invincible.

Quant à la terrasse du côté de la rue de Rivoli, il est certain, ainsi que je l'ai dit, que l'on ne pourrait exécuter ce projet qu'en renonçant à des dispositions publiques et particulières dont l'exécution est déjà fort avancée.

L'orangerie, placée derrière la Madeleine, altérerait la pureté de la destination de ce monument, qui doit être consacré exclusivement à la gloire des armées.

La rue de Berry est si loin, que l'on ne saurait guères y songer pour une orangerie.

Quant à la place de la colonnade du Louvre, elle est précisément à la même distance du jardin des Tuileries que l'avenue de Marigni, où l'entrée de mon édifice est placée, et il faudrait transporter les orangers, à la place de la colonnade, sur le pavé, ce qui nuit beaucoup à la conservation de ces arbres; d'ailleurs cela placerait la colonnade dans une partie intérieure, au lieu que cette magnifique façade doit décorer la partie extérieure du Palais.

La rue de Poitiers aurait aussi l'inconvénient du pavé, et se trouve d'ailleurs tout-à-fait étrangère au Palais des Tuileries.

Enfin, aucun de ces emplacemens n'offre la facilité d'établir un amphithéâtre digne de celui auquel il doit être consacré.

Et puisque des monumens de ce genre ont survécu aux nations même qui les avaient vu construire, puisqu'après tant de siècles et de bouleversemens politiques ils nous ont conservé les noms de leurs fondateurs (dont plusieurs n'ont eu que ce seul titre à la renommée), quel Français pourrait ne pas éprouver le desir de voir s'élever aujourd'hui dans sa patrie un de ces édifices qui, traversant aussi les siècles et les époques futures, concourra constamment avec l'Histoire pour transmettre à l'admiration des générations les plus reculées, le grand nom de celui qui n'est pas le Héros de tel siècle ou de telle nation, mais qui est et restera à jamais *le Héros du genre humain !*

CHATELAIN, Architecte.

De l'Imprimerie *Littéraire et Musicale* de H.-J. GODEFROY, rue Neuve des Petits-Champs, n°. 4.

www.ingramcontent.com/pod-product-compliance
Lightning Source LLC
LaVergne TN
LVHW050230060726
842525LV00007B/2613